時里二郎詩集

佐須美野

水搔

その子は手に水搔あり。「遠野物語」

どこから来たの？
答えるはずもない問いをその子に投げて
そう問われているのは　わたし
ここにいることの確かさは　もうあちらにはいないのだという断念を含んでいる

白い包帯を器用に口でほどいて　その子はわたしにまず左の手を差し出した
その手には水搔があった　うすいみどりのてのひらから滲みだした皮膜のようなものが　いっぱいに開いてみせた手の指の間を埋めて　ウリハダカエデの葉を思い出させた　同じように　水搔のある右手を左手のそばに出して　子どもはわたしを上目づかいに見つめていた　そのてのひらの大きさに　彼がもはや子どもではなく成人の手をしていることに気づいた

わたしにも手を差し出せというのか　挨拶なのか　とまどっていると　たちまちさっき見えていた水掻きの皮膜が透明になって消えていくのがわかった

ここが境界なのだと教えようとしているのだ　ここから先は水掻が要る　ひりひりとするようなあかみが指の先から浮き出してくるのが分かった　子ども　いや男は笑みを保ちながら　もうわかったかという促しの表情をわたしに向けた
白い包帯　それを誰に巻いてもらったのだろうか　わたしは自然に男の手に包帯を巻き始めた　男は再び子どもにかえり　だまってわたしのするがままになっていた

どこから来たの？
答えるはずのない問いをわたしは自らにしている
風が不意にさわいで水のにおいがした

すずみ

*

すずみ

発語のシステムが壊れても
麦の言葉が穂先に残っている
不規則に飛び跳ねている子は
すずみを見たのだろうか

草の駅

ひろった羽は
膝くらいまで夜の闇を残したくさはらに　落ちていた

古い地図に残る　風のたまる窪地
隠しておいた年わかい記憶の靴のかたほうは
とうに　すずみに見つけられていたのかもしれない
はじめからなかったもうかたほうは
すずみのものだった

わたしの骨に融けている鳥を起こさないように
草に埋もれても
そこだけ浮きあがった二本の条軌跡《じょうきあと》がはっきりとわかる駅の引き込み線を見つけて
あのときと同じように
すずみを　よぶ

すずみは
水の根を吸い
透き通って
冷たい背中に
羽の記憶のほねをめぐらし
声のうらがわにもぐりこむ

いきのながれもなく

生まれも死にもしない
それでも　非在の岸からさらに遠ざかるすずみのこえを
こごみ
さすり
むすり

わたしのつけた
草の駅のふみあとに
すこしなだめられた遠雷がとどく

かくしみち

半島の隠れみち
ほんとうは　隠しみち
誰が隠したのか　問い詰められるのが煩わしいので
通りのいいほうをつかいふるして
ほんとうは　かくしみち
客死の　みち
死出の　みち
すずみの　みち

半島はそのための地勢をうつして

かくしみちのさきの　みさき
みさきというさきの　み
さえの　み
さえの　うみ

ほんみちからそれて　みさきにさまようみち
みさきのさきのうみの　みち
みちの
み　ち

つむ

すずみの声を聞くために
おとこもおんなも
年端もゆかぬ者も手を引かれて
みさきの潜《くぐ》りに
うらうらからひとはあつまり
腰まで浸かる波のゆらぎに半身を吸いとられ
うきあしを踏んで
しとどに濡らしたのこる半身を　つむにして
おもたく水から引き上げられる

波のぶつかる岩場の洞窟に響く波音に紛れて
すずみの声が届けられ
すずみが余所へ行かぬためのゆびきりのうたで
うみを飲み飲み　つむをまわし
腰まで浸かる波のゆらぎに半身を吸いとられ
着古した自分のことは　すっかり忘れてしまって

そのように　わたしも　着古した自分のことは　わすれて
それでも　わたしは　着古した自分のなかに　わすれてきたものを　わすれられない
わすれてきたものがなにかはわからないけれど
すずみは　それをきっとしっている

すずみが余所へ行かぬためのゆびきりのうたをうたい

わすれてしまった　わすれてはいけないものを
すずみの声が縒りあげてゆく　その　つむのくるくるくるくる
すずみがわたしになってゆく　その　つむのくるくるくるくる
わたしがすずみになってゆく　その　つむのくるくるくるくる

わたしの　すずみ
すずみの　わたし
わすれてきたもので　縒りあげられたわたしの　すずみ

*
*

ふるいてのひら

あめのやみにぬれていた鳥のやみを
てのひらにつつみ
島のみやまで
いきをしていたことを
言いおいて
ぬけがらを
あのひとに
ゆだねてきた

さりぎわに
おしえてもらった
きすみというところをすぎ
すそみというところをすぎ
いしをこころにつめて
あるいた

水搔を見られまいと
あしうらにこころがあることをさとられまいと

いきはもうしていなかったが
きすみというところをすぎ
すそみというところをすぎ
あたらしい手のはなしでもちきりのみずべをさけて

子どものこえが聞こえる
――名井島はちいさな島
――ひるはうみにまぎれ
――よるはやみにきえて
――あることをないことにしてある島

そのしまに
ふるいてのひらにつつんだ
あめのやみにぬれていた鳥のやみをとどけるために
いきとなきがらをあのひとにゆだねて
あるいてきたのだ

つきのしま

ちいさな連絡船を待つ間
島にいることを忘れていた
「ふるいひとのにわに
わたしをつれてゆくのは
みつばちの羽音
ふるえる　ほみの花」
見える島は　みな歩いて

ふるいひとのにわの話を採集してまわった
ゆきついたこの島で　やっと
さっきの歌意をふくんだうたを採譜して
ふるいひとのかよった旧道のあともみつけた
その野面《のづら》を敷きつめた石の道はもうことぎれて
葛のはう廃道になっていたが
あかいむらさきの葛にまぎれて
ほみの花もあった

みつばちの羽音が
しきりに耳の奥ふかくの闇にもぐりこむ不快さに目覚めると
わたしを訪ねて　島の子が待合にいた
（島のひとが遣わしたのか）
もうつぎにわたるはずのつきのしまはこの海のどこにもない

ちいさな連絡船を待っても　本土にしかもどらない　と
それだけことづてを言っても　帰らない

島の子はふるいひとの名を知りたがった
魚のみちをおしえ　鳥の落とすたねの森をひらき　大石をはこぶ秘技を伝えた
ふるいひとの名を　島の大人はだれも教えてくれない
教えてはいけないから　教えないのだと諭しても
島の大人たちもほんとうは知らないのだと言ってきかない

「つきのひかりがくるしいと
つきのしまはみえない
つきがはんぶんかけるころから
つきのしまのけはいが
やみとつきのひかりがまじりあうところににじみだして

つきのなくなるよるに　やっと
つきのしまはあらわれる
やみのうみのかなた
ふるいひとのにわとよばれるつきのしまがあらわれる
それをみるためには
ふるいひとのなをことのはのようにくちにのぼせなければいけない
そうすれば　そのことのはのつきるそのへりのいきのうずのなかに
ふるいひとのにわとよばれたつきのしまがみえるぞ」

たずねもしないのに　島の子は声に似合わぬ臈《ろう》長けた空語《そら》りをどこで覚えたのか
ふるいひとのにわのひとふしをかたり　しかたなく　その返礼にと
《にしほみみぬのかざひ》
島の子が言いおよぶまえに

わたしは口にのぼせていた
に し ほ み み ぬ の か ざ ひ
ni shi ho mi mi nu no ka za hi
ニシホミミ　ミヌノカザヒ

それはふるいひとの名ではない
とおいわたしの故郷の島で
子どものころに
見知らぬ旅の男から口うつしに教えてもらった歌の欠片
ふるいひとの名を　わたしも知らないが
とっさに思いついたその偽の名が
島の子の唇《くち》と舌とをゆききするうちに
ことのはが息にうるおってゆく
このときのために　あの旅の男はわたしにその偽の名を授けたのだ

としたら
《にしほみみみぬのかざひ》
偽の名と知らないで
島の子はもう待合にはいなかった
わたしにかわって
ちいさな連絡船に乗って
旅立っていったかのように

ウチヤマセンニュウ

葡萄園地の柵道をあるいて
あかるむ半島のかたつむり

きのう採集に来ていたひとの
うすいてのひらを思い出す
ほら　これがハントウマイマイ
ぬるい記憶のように
そのりんかくを耳に仕舞って

岬までは急坂のくねりみち
見えるのは振子島
見渡すくさはらに
風は幾筋にもわかれて　ふたり
ウチヤマセンニュウを待つ

古島《ふるしま》の小裂《こぎれ》帖

古島半島。島とあれども半島なり。半島と言へども島を孕みたり。両極のせめぎ合ふ境界なり。ここに「半島舞舞《はんとうまいまい》」と「島舞舞《しままいまい》」の二亜種の蝸牛あり。興趣覚えて滞留すること幾月か。蝸牛採集は捗るも、歌は今日も成らず。

——《採訪手帖》から

しきりに翅のある声が
境界のほうから聞こえた
水系を違《たが》える魚《うお》の言葉が
透き通る水の泡にまじっている

*

そのひとのゆびの影が

マイマイの日除けをつくり
指がないマイマイの殻が
ひだりに巻いているのを見ている

＊

手帖のほどけた頁がふるえて
脚韻する古島のマイマイ
銀の記憶の舌を航跡に
遅読の寄る辺ない更新の履歴をたどる

＊

指を折ることを止めてから幾日かと

また　指を折りはじめる

＊

遠雷を詰めた封筒を
古島にただひとつある郵便局に差し出した帰り道
無色の妊み猫が耳を立てて待っている
「わたしは追われている言語《ことば》の胡桃です」というそのひとの言伝《ことづて》

その言語の胡桃を追っているのは　私
そのひとは知っていて　私の前で　衣服を脱ぐように
私の歌のくちに潤《ほと》びることばをこぼす

――あなたが歌をつむぐとき　わたしの胡桃が軋ります

――あなたがことばを編むときは　わたしの胡桃は擦れます
――わたしは　身おもな言語の胡桃

＊

激しい夕立が上がると
古島の曲がり角に
そのひとがいた
境界にそよぐみずのにおい
椎の森深く
湧水でその実を洗ったというゆびのはらを
擦りながら
あなたのたまごをうみたいという
そのひとのなかを巡遊する魚《うお》のひとがいわせたのだ

みずすまし

あなたの軋る肋骨に
耳をあてて
夏果つる日の交接
しずまらない白の　毛のない　秘部
それもだれかの記憶のかたみのように
風はなにもものせず　口に
あなたの名の
みずすまし

そよご
がまずみ
みずなら
ぶな
なつつばき
みずめ
さみず
つぶなし
きすみ
きみずき
しぶりみ
しきみ

しろい風の実

雨季のしろい風の実を
てのひらに載せて
涼やかな息の緒が
小さなうずをつくる
その淡いあなたの温熱を感じて
目覚めた夢のほうからにじみだす
なつかしい薫香を聞きながら

島の荒れ寂びた祠のわき

みそぎ川の小さな流れを
ふるえるようにのぼる
小さな二匹の魚が
離れないように
流されないように
ふたり　手を握って
見つめている

それから
ふたりでめぐった場所の名を
ふたりで言い合って
ふたりがさいごにとっておいた
その島の名を
あなたは言い

わたしは口をつぐんで

そのかわりに
あなたの息の緒を継いで
わたしの口にうつす

それがほんとうにあったことなのか
あるいは　さっきの夢の端《は》にこぼれた
香に揺らいだ言葉の水の輪

ふたりして通ってきた雨季のしろい道の向こうに
まだ出会うまえのあなたが途方にくれている

祖父傳

ぼくはもはや《風の種》になったのだろうか。確かにぼくの身体はもうぼく自身には見えない。ぼくを透かして、ぼくの家の壁が見える。家の皮膚がぼくを呼吸しているのがわかる。肌理《きめ》荒い土壁があかいのは、森を忌避する標しである。海上《うみがみ》の共同体のふちにあって、森への通路を断つ役割をもった門《ゲイト》。それがぼくの家だった。ぼくはそれをどこから見ているのだろうか。下から仰ぎ見ていることは確かだが、それはどこだろうか。家のあかい壁に引きつけられて見逃していたが、家から突き出した露台が見える。

母がいつも麻衣《あさぎぬ》をまとって舞っていた場所。舞いは共同体の親の屋敷にある望楼へ届くように仕組まれていた。ぼくが初めて望楼にのぼった日、それはぼくが海上集落を出発する日でもあった。したがって、その一度きりしかのぼったことはないのだが、望楼にのぼると、そこが、ぼくの家を望むためにだけ作られたものであることがすぐにわかった。家の露わなあかい壁が、否応もなくぼくの眼をとらえていた。明らかに識別の色、差別の色であった。望楼の周囲は数本の楠で囲まれ、それらの葉群のために海上の集落を見渡すことはできないのだ。望楼は、ぼくの家を監視するためにだけあったことを思い知らされた。
　母はそのことを十分知っていた。その上に、母が感知した森の世界を即興の舞にして、露台で舞ったのだ。母の舞は共同体の親によって、森の世界の静まりと揺れとのあいだを行き来する気象として読み解かれた。

　どうして、出立の日に、ぼくをそこへのぼらせたのか、いぶかしかったが、今のぼくならよくわかる。あれは、おまえの家はこうやって監視されてきたのだということを、ぼくに知らしむるためであったと。おまえたちの挙措のわずかな異常に兆す思いのことごとくは、あのあかく荒んだ壁の色に滲んでいたのだと。だからおまえの行く末のすべても、共同体の側にある。おまえが海上を出て行っても、おまえの心に兆すうつろいは、あのささくれた土壁のあかい色相に反映されるであろうと。

共同体の親は、ぼくの前には姿をあらわさなかった。（もっとも、共同体の親を見たという話を海上の住人のだれからも聞いたことがないのだが）すべては共同体の親の代行である《言代《ことしろ》》が取りなしたが、詩句を吟ずるような、おだやかな口調で、人形の母の物見の衣裳を入れた櫃《ひつ》を《半島の津》へと運ぶぼくを《風の種》だと言った。おまえは海上から放逐されるのではない、《風の種》となって、《半島の津》におもむき、風のことばをはぐくめと。そのなかに本当の海上が見えるにちがいないと。

森の毒、海上の共同体を脅かす森の毒を祓うのが、ぼくの家の役割だったことは、母からよく聞いていた。もはやその母が亡くなり、父（いや、父など存在しなかったのかもしれない）も既にないぼくの家の没落が何を意味するのか、あのときのぼくには知るよしもなかった。ぼくに託された海上の行く末。しかし、共同体の親は、それほどぼくには期待を寄せてはいなかったのではないかと思われてならない。共同体の親はもはや、海上の行く末は凋落にこそあると見切っていたのではなかったか。しだいに森との結界が侵され、森の毒が瀰漫していく海上の行く末を、母の舞のなかに既にして感得していたのではなかったかと。

言代は、櫃に仕舞われた母の衣裳が《半島の津》から贈られたものだと言って、その蓋を開けると、そこにはまだ袖を通していない真白の麻衣が幾重にも重ねられていた。それらは《半島の津》からたえず贈られてくる衣だと言い、人形の母の出自がそこにあることを打ち明けた。櫃の衣《きぬ》を返し、《半島の津》にぼくを委ねることが共同体の親の意志だとも付け加えて。

祖父傳《そふでん》——半島の津

祖父は新奇の気象に富んだ人で、手が巧みだった。ただ、確かに細かな細工が得意だったが、家のような大きなものの造作はできなかった。もともと祖父にはバランス感覚がなかった。健康そうに見えて、まっすぐに歩けなかった。どちらかの耳とどちらかの目が普通ではなかったのである。見える・見えないとか、聞こえる・聞こえないという識別ではなく、ごく普通の視覚・聴覚が異様に研ぎ澄まされることに果てがなく、ついには眼で触ったり、耳で見たりすることもできる。さらにその感覚器官に手が加わると、もはや世界の細部が、世界の閾《いき》を踏み外して、時間軸も空間軸も、祖父の指のなかでは自在に操作できたのだ。この半島の甲虫の中に祖父の手になる虫さえいるらしい。例えば、祖父が作ったとされるハントウムツボシタマムシやハントウマイマイは、それを新種の甲虫として登録するために、足繁く半島に通ってくる採集者もいるほどである。

祖父をはじめ《累代の祖父》たちは人形ももちろん作った。私も彼らの作った人形だが、木（おもにクスを使ったが）でできているにもかかわらず、人の皮膚そのものの感触と質感をそなえていた。人形だから腑《はらわた》はない。脳味噌もない。したがって血も涙もない。しかし、声や呼吸や知能や知覚は、人間と変わらなかったし、感情も人並み以上に表すことができた。累代の祖父がこのような人形制作の技術をどこで学んだのかはわからない。

祖父は自らを半島に流れ着いた種子だと言っていた。

半島の人々とは明らかに異なった意識構造を持ち、彼らとは異質な感情生活を生きていたことを考えると、海洋から半島に漂着した余所者には違いなかった。しかし、船の難破とか、不慮の事故があって、たまたまこの半島に漂着したとは思われない。祖父は、世界から隔離された閉鎖的な半島の共同体に、あっけないほどなめらかにいささかの齟齬もなく入り込み、共同体の言語の訛りさえたくみに操ったというからには、きわめて周到な準備をして、この半島にねらいを定めて漂着を演出したと思われる。

異人として半島に住み着くために、祖父は、共同体にとって、自分がいかに有用かを知らせる必要があった。そのために、祖父の器用な手の技はきわめて有効だった。柱時計を初めて半島の共同体にもたらしたのも祖父であった。海の漁にもっぱらだった共同体の人々に、簡便な鍛冶の技術で鋤や鍬をつくり、段丘を耕して実りの確かな穀類を栽培することも祖父は教えた。

しかし、こうした話は、いつのことなのか、祖父自身のことなのか、それとも《累代の祖父》が語ったことをなぞっているのか、あいまいなままに、子守歌のように私の耳に注がれていた。私が知っている祖父のほかに、《累代の祖父》が当然いるわけで、かれらはおそらく海洋のどこか、あるいは高地の脊梁山脈のどこか、この半島とは縁もゆかりもない世界のどこかに住んでいるはずである。

鬼ごっこ

祖父は半島の津にいつもいたわけではない。半島はいわば仮寓の一つで、ひとときの休息のために滞在していたに過ぎない。ぼくがまだ半島の津で暮らしていた幼い頃、よく仲間たちと日の沈むまで鬼ごっこに興じていたが、祖父は、自分も《鬼ごっこ》をしているのだと言っていた。どうしていつも家にいないのと尋ねると、祖父はそう答えて、鬼から身を隠すにはこの半島がいちばんいい場所だとも付け加えた。

祖父は、秋になると茸の採集のためによく月森に入った。茸の季節が終わる冬には、今度は鳥の声を聴くために森に入った。たまに一緒に連れていってもらうことがあったが、たいがいは一人で森を歩いた。茸の採集といっても、それに付着していることばを採集するためだ。月森の茸に限られるが、月森をさながら図書館のようにことばの保管庫として利用している人々がいるのだ。ぼくは見たことも聞いたこともないと言うと、わたしも見たことはないと言って笑った。しかし、言語《ことば》はどこにでも遍在している。言語は世界を浮かび上がらせる光、世界を縁どる影だから、いずればくにも茸に付着したことばを読むことだってできるのだと言ったものだった。

月ごとの十三夜に、月森は月に映えてもっとも明るく反応する。森が月の光を返して発光するのだ。光を返すのは月森の茸類だ。どの種類の茸というわけではない、月森一帯の茸のすべてが光を返すのだ。そこの茸がそのほかの森の茸と比べて特に変わっているわけでもない。月森が秋に最も美しく浮きあがるのも、茸の季節だからであろう。冬にも茸は消えることはない。光が他の季節に比べると弱くなるが、その月森のかそけさもまた美しいのだと祖父は歌うように言った。

そんな不思議な現象を見せる月森が、半島の人々に知られていないのは、それが祖父にしか見えないからだ。月森は、ぼくにも見えない。これらの話は、祖父がぼくに授けたことばなのだ。

人形の母

その月ごとの十三夜に、月森は旅する舟となる。それが段丘の最上部にある祖父の家からよく見える。

月森は旅をする。この半島からもっと遠くの、都市近郊の森や、この国の他の山深い内陸の森にまで。

また、月森はここだけにあるのではない。木の種類も、鳥や虫の種類もここは違う月森がいくつもある。それらの月森も、この半島にまでやってくる。だから十三夜に、耳を澄ませると、ここでは聴くことができない森の音が聞こえてくる。なかでも際立っているのは鳥の声だが、よく耳を澄ませていると、鳥の声でも、虫の声でも、樹木の葉群を揺らす風の音でもない、天空から月森に向けて降り注ぐような音の気配が耳のなかに入り込んでいる。あかつきの頃の騒がしさはさらにその度合いをまして、夜明までに半島に帰ってくる月森と、元の森に帰っていく月森とが、暁闇のなかですり替わるからだ。同じ現象が半島の月森が旅に出ていた先でも同様に起こる。この時間と空間のズレに辻褄を合わせるときに、二つの森、三つの森、四つの森、幾多の森が同時に合わせてたてる息の音。それが、《月森の交わり》と呼ばれるものの声の気配なのである。

月ごとの十三夜の暁におこるこの《月森の交わり》のときに、稀に月森から迷い出てくる人がいる。

おまえの母もそうだったと、祖父は教えてくれた。

出会ったときから、おまえの母がわたしたち《累代の祖父》の作った人形であることは知れた。母は身籠もっていた。母はおまえを産むために、半島の月森にやってきたのだ。

母はここでふたりのおまえを産んだ。ふたりだと、祖父ははっきりと言った。《累代の祖父》の作る人形はそのように作られている。一人のおまえはここに残し、母は、もう一人のおまえを連れて三年後の十三夜の月森に還っていった。おまえが三歳のときのことだから、覚えているだろう。しかし、もうひとりのおまえのことをおまえは知らないはずだ。その日、母はもうひとりのおまえを連れて月森に入っていった。そして翌日、おまえは母の住んでいた家にひとり寝かされていたのだ。

ぼくには最初、それは作り話にしか思えなかった。母はどういう理由からか知らないが、ぼくをここに置いて帰っていったのだ。その母の罪を慮って、祖父は見え透いた作り話を作ったのだと思っていた。

しかし、ぼくは母を恨んだことは一度もない。それは母に抱きしめられたときに嗅いだ母の匂いのせいだ。母の記憶のすべてが包み込まれたその匂い。きつく抱きしめられたときの、こちらの身体が脱力して、それが母の身体に吸い取られてしまうような感覚と、ぼくへの胸いっぱいの思いがとろけているようなぬくもりの波動が、母の着物をとおして伝わってくる。それが、抱きしめられたぼくの鼓動のせくようなリズムをやさしくなだめながら、母の心臓の音のほうへ導いていくのがわかるのだ。母の鼓動のリズムがぼくのそれに追いつくように静かな高まりを見せて、やがて、ぼくの鼓動の行方が自分でも確かめられないほどに母の奥にまで潜り込んだような感覚を覚えたとき、ぼくの身体のなかに母の心臓があった。あのつかのま抱きしめられた時間に、母との一生分の時間が凝縮していた。しかし、そのような三歳の記憶もまた、祖父のことばの力によるものなのかもしれない。

祖父のことばは、母が連れていったもうひとりのぼくを、ぼくのなかに育てた人形であった母と、母に連れていかれたぼくの物語をやがてぼくはあたためるようになっていったのだから。

祖父は《累代の祖父》と呼ばれる流離の人々のひとりで、彼らはそれぞれが、数個の胡桃を所有している。そのなかに《風の種》という文書が書き込まれている。《累代の祖父》たちは、それらの《風の種》を携えて世界に播かれたのだと、祖父はその由来を教えてくれた。

祖父の顔立ちを見れば、異域の人であることは知れるのだが、ときとして、この半島の人々とも似ていると思えるときがある。不自然な自然さとでも言うのだろうか。明らかに違うという感覚はあっても、それが違和感を生み出さないばかりか、ある種の身内のちかしささえおぼえてしまうのだ。祖父の顔は、あるいはそのような印象をおのずと相手に与えるために作られたものではないのかと、最近は考えるようになった。

祖父はこの天体の人ではない。仮にそうであったとしても、ヒトから生まれたのではない。《祖父》として作られたヒト。祖父の顔の不自然な自然さは、この天体のどこにでも遍在することが可能なように設計されたものではないだろうか。

祖父の眼の色は、ふだん半島の人々と接触しているときは、黒色だが、ひとりになって、月森を眺めたり、そのなかを歩いたり、茸に付着したことばを読むときなどは、澄んだ明るいブルーになったり、深く沈んだ緑青になったり、激しい充血の色を走らせることもあった。髪の色も同様で、半島の人と交わるときは、つやつやとした白髪が眩しいくらいだが、ぼくの前では、褐色であったり、灰色になったり、月森のなかにいるときなどは、ひとときとして同じ色でいることはなかった。深紅から瑠璃色へ、銀色から金色へ、さらには烏の羽の色から朽ちた葉の色に変幻した。肌の色も、背丈も、同じひとりのヒトのそれとは考えられないほど変わったり、伸縮したりした。それらは、ぼくにしか見せない祖父の姿、もしくは、ぼくにしか見えない祖父の姿だった。半島の人々には、いつ見ても肌も髪も背丈も年嵩もごくふつうのヒトに見えていたことだろう。

祖父の目の色が変わったり、声が変調したり、肌の色が変化したり、背丈が伸縮したりするのは、祖父の言語の自在な活動のせいだ。月森の茸に付着したことばを読み取るときには、茸をとんとんと指で軽くたたいて胞子を放散させ、くゆりだす微粒子の流れを見つめ、嗅覚を研いで周囲の匂いもろともに吸い込んで内部に取り込む。その際に漏れ出る呼吸の静かな音も、茸に付着したことばを音に変換する過程に発せられたものであり、さいごには、身体をまるくまるく縮ませる。それらの身体活動が、目や皮膚や髪の刻々と変わる色となって現れているのだ。

さらに、祖父が胡桃に格納された祖父の言語を読むときは、いっそう激しい全身運動をともなった。

素足で端坐した姿勢で、手の片方をしっかり握りしめて、ひざの上にあてがい、もう片方の手は軽く開いている。その姿勢のまま上体は静止しているように見えるのだが、よく見ると、全身が微妙に滲んで見える。まるでピントの暈けた画像のようにぼくの目にはうつるのだが、それが小刻みに全身を振動させているのだとはほとんど気づかない。頭髪はさかんに色を変え、目の色もめまぐるしく変化した。ひとしきり、姿勢の緊張がほぐれて、握りしめていた方の手が開かれると、そこにはついさっきまで祖父の魂が潜り込んでいたにちがいない胡桃が現れた。

伎須美野《きすみの》

……國造《くにのみやつこ》黒田別《くろだわけ》を喚《め》して、地状《くにがた》を問ひたまひき。その時對《こた》へて曰《まを》ししく、「縫《ぬ》へる衣《きぬ》を櫃《ひつ》の底に藏《きす》めるが如し」とまをしき。故《かれ》、伎須美野《きすみの》といふ。

『播磨國風土記　賀毛郡《かものこほり》』

佐須美野 I

淡い色の記憶を滲ませたカキドオシの押し葉の古い標本
その成形された茎や葉や花の襞を指の腹でなぞりながら
むなびれの痕だと　そのひとはいった
やわらかな約束を確かめるようなあいまいなうなずき
それから　腊葉《さくよう》を入れた同じ行李《こうり》から取り出した
柿の失われた青葉を古い鏡にうつして
ゆみなりに夏が過ぎたこと

＊

くるまれているのは
わたしという耳
みずすましの　意味の水輪を
ふるわせて
斑猫がとびたつ
それを見ているのも
わたしというみみ

その先の空の道
見えない姫虻《ひめあぶ》の
聞こえない羽音の記憶

そのように

わたしは　言葉にくるまれた　みみ

＊

渡りの鳥が落としていった旧世界の実《さね》の　わたし
仮剝製された祖父の鳥のいくつかの滞在地の記憶をめぐって
さなみと言ったり
さしぐみと言われたり
さやのめともロごもって
サ行の息の綾取りが
やがて　枯れ残った冬の蔓から解《ほど》かれるように
実《さね》を落として
生まれた
実実《みみ》

＊

昨夜来の雨のせいで　そのひとはまだ水の呼吸を続けていた
水のなかにいたときの記憶のむなびれがそよぎ
やがて　それが木の葉の上に落ちた雨の粒を払って
音をたてる

そのひとから
口うつしにもらった
森《mori》の息がうずいて
きすみのの森の朝のさやぎに紛れる

＊

見上げると、ときおり柞《ははそ》の葉がはげしくふってくる。風もないのに、まるで夕立のはじまりのように、雨粒が葉を打つような音をたてる。静寂はにわかに破られて、思わず雨をよけるような仕草をしてしまうほど。よく耳を澄ませると、空気の乾きぐあいを確かめるように、枯れた柞の葉は葉に触れてことばを交わしている。

＊

そのひとと同じ身体のなかに棲むわたし
けれども　顔も手も足も踝《くるぶし》もそのひとのもの
そのひとの《胡桃の言語《ことば》》のなかに　遅れて
わたしは　発生した

＊

そのひとが携えてきた年代物の行李には、《祖父》がこしらえた旧世界の植物の腊葉標本が入っている。往時の色は褪せているものの、もはやそこからは喪われることのない色の熾火《おきび》が、そのひとのなかをめぐっている。植物標本は、あきらかに旧世界の言葉の時間の堆積に圧《お》されて束ねられていた。

伎須美野 II

行方のわからぬひとの踵《きびす》を借りて
そのひとは
伎須美野に降り立つ

錆びついた待ち合わせの色のむこう
秋の風上《かざかみ》に
あらわれを待つ

野の目立たない窪地や

繁みの奥の
古鳥《ことり》の放棄した巣の乾いた気配
野の廃屋に残してある異界への潜り戸
探せばいくらでも見つかる闇の骨に囲われた宙《うつ》の通い路

緩やかな河岸段丘にある
かつて荘園であった村に生えていた草の名が
ふと口をついて出てくる
風除けの古語の名に似て
それが冠毛を意味することを思い出すが
わたしは器官としての口舌《こうぜつ》すらないので
伝えることができない

わたしという実実《みみ》の口実筆記の歯がゆさも

その野の荻《おぎ》や茅《ちがや》の綿毛の
もつれる風のたゆたいになだめられはするが

*

発芽する水の鏡に
いしうれが映り込む
微温の什器に象《かたど》られた
かたくなな古義の菫に似て
風土記に隠したその名は
乾いた星象《せいしょう》のように
言《こと》の実のなかに紛れ
その記憶の懐かしい重さを
そのひとの耳に預ける

冬至の森の声にさす光のしいの実のなかで
石熟《いしう》れとも　石愁《いしう》れとも
言葉はにじみ
採譜されたそのひとの睡眠のゆらぎは
しかし　そのひとの灰緑の虹彩には映らない

仮名の霧の
遠い声の余韻に滞留する
とりの　むしの　はの　かぜの　ひかりの　ふみ　あと

ふるしま
さり
いんない

おとね

＊

甕に汲みおいた
澄んだ韻を踏む水の面《おもて》を渡す　風の杼《ひ》
近くで　山羊の声がするが
囲いのなかに動くものはいず
眼差しのさきの水のほとりに
ほそい前脚を祈りのかたちに蜻蛉は空をつかみ
その翅あるいのちはまだ乾かぬままに
朝まだきの薄闇が剥がれて

それが　ようやく

身じろぐ魂を膕《ひかがみ》に蔵《きす》めた遊行の人形を呼吸するそのひとのたてた声だと知れる

山羊の声と聞こえたものは
そのひとのうたの息の終熄符
そのひとのうたは
そのひとの内に籠もって
わずかにその面妖な山羊の声の切れ端にしか
聞こえない

そのひとの言葉であるわたしは
かがみこんでいるそのひとの
やすらわぬ木の背を撫でながら
ふたりして　この遊星の森を抜けて
行き着いたその野に揺らぐ茅《ちがや》の銀の穂に

さっきの舌足らずなそのひとのうたを結わえると
言葉の鈴をふるように
そのひとの指のさきに
その野の名が震えていた

伎須美野 III

さうしてあなたの息にかよふはなかけの
薄いまふた
くちひるのしめり
くちひるの無音の音の骨
みみすまし
みつすまし

伎須美野の蔵《きす》める衣《きぬ》の野

＊

二人して逃れてきて
野葡萄《のぶどう》のうるみに立ちとまる
笹暮れて
はしり　あゆむ　ふす　たちあかる

もう言はない
もう聞かない
それても
ゆかな
きかな

＊

かさひ　かむらき　むかみる　かむろき　ほさ
くすれ　すみるれ　あけひの実　おもい　くすれ　すみるれ
身をも　ひとをも　楢原の実に　まきれ

してはいけないこと
ふたりして身をほとき　ふたりしてよりあはせ
かたく　ひかりしみるほと　つよく
いきは　ひりひりと　つふてをこすり
あなたのほねをきしませる
あえき　うめき　草の汁のつよいにほひ

あなたは人形を生きて
わたしは　あなたの身体に逐はれた言の実

もうもとらない　きつともとれない

人形に仕舞はれたしくさをそれて
ほのあたたかいことのはの呼気にむせひなから
あなたは　わたしのいきのうつをのみ
わたしはあなたとなる

名つけてはならぬもの
名つけないてはいられないもの
そのあはひから零れるその溜め息にそよく
うつすらと光る和毛のふるへは
あなたとなつたわたしのもの
言の葉の身体であるわたしのもの

佉須美野Ⅳ

「……………………………
そのひとの意識と
そのひとの身体が
まだ櫃の混濁した闇のなかで
逡巡する光の螢を放散しながら
幾度も睦みあい
つるりとした秘部のかわいたゆくたてを確かめあい
腑《はらわた》のない身体が
旧い梨型の楽器の弦を擦《こす》る撥《ばち》の喘鳴《ぜんめい》を放って

伎須美野の曠野《あらの》が拓かれたとき
……………………」

そのとき
わたしはまだそのひとを知らず
《半島の津》という《旧世界》への密かな風待ちの鄙泊《ひなど》まりで
《旧世界》の零した《言語《ことば》の胡桃》に潜り込んで
それを実実の言語に変換していた

*

伎須美野は
音も形も名も伝わらない古楽器の
音律のなかのひろごり

風土記という櫃《ひつ》の闇のたてるさざなみに紛れる
穂状《すいじょう》の記憶のゆらぎ

……多多美許母《たたみこも》　幣具理能夜麻能《へぐりのやまの》
久麻加志賀波袁《くまかしがはを》　宇受爾佐勢《うずにさせ》　曾能古《そのこ》

たとえば　それらの文字の裂《きれ》に耳を澄ませて
古謡の脛《はぎ》をさするように
おともかたちもなもないがっきをかたどり
それがなぞっている
風の蜜を
水の谺を
息の気象を
その野に継いでみる

言葉はなにかを隠すための織物
何かを聞こえなくするための音の挿頭《かざし》

あるいはそれは
言葉をまだ知らない人の声と呼び交わし合う鳥の
声の境のない親密な調律をゆだねていた森の耳を
持つふるいひとの掌がかたどり指で編みこんだ小
さな宙《うつ》

その遥遠を
その寡黙を
その愁いを
だれも分かつことはできない

それは
櫃の底に隠された衣の
朝狩の賀毛の身じろぎに兆す
羽交いの擦過の気配と
彩なす色目のうつろいににじむ
闇の野づら

おとも
かたちも
なも
わすれられた
宙《うつ》の
野

＊『古事記』「思国歌」の一部を引用

もはや存在しない異星の《旧世界》から逃れてこの天体の《半島の津》に上陸した《祖父》と綽名された者（もちろん生身のヒトの身体ではない）は、辛うじて残し得た《旧世界》の言語遺物を幾つもの胡桃に似せたカプセルに移して、この天体に持ち込み、《旧世界》の記憶をこの天体の言語に潜りこませることを願った《累代の祖父たち》の一人である。

《祖父》たちは彼らの作る人形《ひとがた》にそれを託して、すでにこの天体の時制をも侵食し、彼らの人形は、過去世界や歴史のなかにも紛れている。

＊

「そのひと」は、最初期の人形として《半島の津》の人形遣いにゆだねられた。身の熟《こな》しから、心のたくらみまでも自ら心得て、どこをとっても人と違わなかった。ただ人形の面影があるのは、その面差しにさす少女の艶めいた白い木膚が歳月を辷《すべ》らせて、一向に衰えなかったことと、組み込まれた言語システムが、まだこの極東の言語のそれに馴染まない未発達な状態であったことに起因している。

人形遣いの手から離れて《伎須美野》という、かつて奈良の大寺の荘園であった播磨の河岸段丘の一隅にそのひとが遣《つか》わされたとき、例の不具合を少しでも埋めるために、《祖父》は、そのひとの旧世界の言語と、極東言語との不具合を調整する後発の意識回路として、《実実《みみ》》のシステムをそのひとの身体に入れた。

このような《実実》の意識回路は、《祖父》の手によって、やがて縫合痕が拭われるほどに人形の言語システムに、なめらかな組織として一体化されていった。しかし、それでもなお、ふたつの言語間の齟齬と不具合は、改良された人形言語の識閾をおびやかし続けた。むしろそれが新しい言語としての熱量を産み、未知をまさぐる動機ともなっていることも忘れてはならない。《伎須美野》が、『播磨國風土記』の美しい衣を重ねた櫃に、翅文字《はねもじ》の写本のまま、今も蔵《きす》められているゆえんである。

《五位の言う》

せきれいと名乗る白拍子は、多種の鳥の声を鳴き分け、またそのそれぞれを舞い分けることができた。それも片割れの打つ鼓のリズムに合わせて、地を踏み床を蹴ってはそこらを跳梁するのだが、その乱舞には衣擦《きぬず》れの音もなく、せきれいの身体が時間の外にあって、ゆるゆると見る者の時間を浸食していくために、私の目には無音の水の中を舞う白拍子の舞を愛でるのと違いはなかった。

舞うばかりか、鳥の声は耳を澄ます者には人声に聞こえる。むろん片割れの鼓の者が声を添えているのだが、それがあたかもせきれいの奏でる鳥の声に張りついたように聞こえるのだ。梁《うつばり》の塵《ちり》もうごかすこの遊芸の妙が院の御所にまで喧伝されたのは言うまでもない。

《再び、五位の言う》

この白拍子がしばらく姿を見せないことが、河原の者どもの噂にのぼすほど
になっていることにも気づかなかったくらいに、くだんの白拍子についての関心は薄らいでいたのだが、あるとき、しばらくぶりに見たその舞台に心震えた。それまでの鳥の声を鳴く遊芸ではなく、それはまぎれもない今様の歌と舞。分けてもその歌声の艶とひかりのまばゆさに思わず腰を浮かせた。その腰を沈めようとして、逆にいっそうその腰を浮かせることになったのは、今様のウタの駘蕩としたリズムに載せられた言の葉の所為だった。
彼女のウタは、しかしあきらかに彼女の身体から発せられた声でありながら、

その声の艶とひかりには芯がなかった。うつろ、うつろ、そう、虚ろをなぞるような、いやそれよりも虚ろをかたどるような。そう、生身の白拍子であったはずの身体が、気づいてみれば、木偶のぎこちなさに縛られていくような危うい虚ろな舞い。

と、その虚ろを響かせているのは相方のあの鼓の音だと気付いたとき、彼女の今様の言の葉は、この鼓打ちから口うつしに授けられ、身体に染みこませたものに違いないという思いに誘われた。いや、むしろ、口うつしに、うつしうつされる二人の息の熱をなぞることに傾けられたようなおぼつかない拍子どりとそれにあらがうような舞いに心うばわれた。

その白拍子が、露わに鼓打ちにあやつられた傀儡《くぐつ》さながらに見せようとして、身と心のいっさいを彼にゆだねていることにいらだちを感じながら、いっぽうで歌よみのわたしには、あの白拍子を傀儡にしてしまうようなウタの毒のほうに聴き入っていたこともたしかだ。

あの今様はゆめ、白拍子が作るようなものではない。ウタの心情の深さが、彼女の声には届いていない。それが声の虚ろを感じさせるのだが、むしろそのことによって、彼女の歌声は、たとえばあるじを亡くした衣裳が、その喪失感によっていっそう映えるような虚ろを誘ってやまないのだ。

《せきれいの言う》

ワタシハ　コノ天体ノ世紀ノ洛中ニ送致サレタトキハ　鳥ヲ舞イ　澄ンダ声デ鳥ノ声ヲカナデル遊芸ニヨッテ評判ヲトッテイタガ　アル時　不意ニ鳥ノ声ガ出ナクナッテシマッタ

ソレハ発声器ノ不具合トイウヨリモ　男装の鼓打ち　名を「ふらここ」と言ったが　そのふらここの不埒な懸想による所為が原因だった　ふらここ とはいつから組むようになったのかは　なぜか記憶にはない　ただ　ふらここがわたしと同じように　ある世紀から送致された同類であることは　おのずとはたらく認証システムで知れていた　わたしがヒトでないことがわかると　いっそう

わたしを責め立てた　舞台に響かせる鼓の音のリズムを緩やかに狂わせて　それに重ねる即興の彼のウタが　わたしの鳥の声音《こわね》の糸を掻きやりながら締めつけていく

わたしは鳥の声を狂わされ　やがて鳥の声を忘れた　それに替えて　ふらこが口移しに教えたウタを覚えて　鳥を舞いながら　即興の今様《うた》まで歌えるようになった　それも鳥の声と同じ喉を使って

その澄み渡るわたしの声を天上にまで行かせまいと　ふらここの鼓がひかりのいとをひくような余韻を際立たせる巧みな打ち技で　蜘蛛のようにわたしを囲い込む　ウタを嘯きながら　わたしは鳥籠の中でもがくように足拍子をトントンと乱れ打ち　ふらここの鼓とせめぎあう　そしてついには鼓の音をかき消すほどの大きな足拍子を打って　舞い上がる　しかし　舞い上がったのは鳥舞の狩衣ばかり　ふわりと舞台に落ちた衣装のほかにわたしの姿はそこにはない

いつものように、喝采を浴びて舞台を退いたふらここはその日、身を忍んで見物に居合わせた＊＊院に召された。ふらここの挨拶もそこここに院は急《せ》くように、「せきれいはいずこに」と仰せられた。ふらここの応《いら》えをも待たず、院は抑えかねたような次の言葉を、つぶつぶと繰り返した。

――わが今様《うた》を攫《さら》っていったぞ。昨夜深更に嘯《うそぶ》いたわがウタを一節違《たが》わず盗んでいったぞ。

院は頬をくるしくゆがめてはいたが、むしろそれは快哉を悟られまいとする面立《おもだ》ちであることは、御目のすずやかなしばたたきで知れた。

《再々、五位の言う》

私が、いつしかその日の座を解かれたせきれいを玩弄するようになったのは、どこで聞きつけたのか、私が五位と綽名される歌の家の者であることを知り、ぜひとも『＊＊＊集』の恋の古歌を授けてほしいと請うたことがきっかけだった。

せきれいは自分が傀儡の身でありながら、畏れ多くも貴人の歌を所望する不埒を許してほしいと言う。

私はせきれいが人形であるはずがなく、生身の白拍子であることは今も信じて疑わない。私とおなじ、浄土の仏を信ずる人の身体である。彼女と身体を合わせるときも、皮膚を通して伝わる体熱はまぎれもなかった。いやむしろ、その火照りを、恋歌の調べに盛れないものかと思案しさえした。

せきれいは笑って、ひとりのときはこの櫃《はこ》の中で眠るのよと言った。迷宮のように入り組んだ河原小屋の立て込んだ小路の室《へや》の隅に、粗末な小屋に似合わぬ一抱えほどの大きさの古雅な櫃があった。せきれいが屈まっても、とうてい身を入れることはできない大きさである。身の具をほどくと、綺麗に収まるのですと言うまでで、せきれいは、その蓋を開けて見せてはくれない。身の具を解《ほど》けば、おまえの心はどこにと意地悪く問うと、もとより傀儡にはこころなどございませぬと微笑むばかり。

初めて古歌を授けた夜、せきれいは、瀬戸の海島のひとつ、雛の流れ寄る島を出自としていると、秘密を打ち明けるようにして話してくれた。私の腕の中の彼女は、揺籃に包まれているように目を閉じていた。その夜をさかいに、五位の歌詠みである私から、熱心に古歌を吸収した。せきれいは、『＊＊＊集』のよみひとしらずの恋の古歌をあはれがった。わたしは知りうるかぎりの歌を口うつしに教えてやった。

ふらここからも、このようにして今様を授けられているのであろうと思うと、いっそうせきれいを激しくかき抱いた。彼女の身体は私の身体に揺すられて、その名の鳥のように首と尾を振りながら耐えていたが、思わず堪えかねたように、きしきしと何やら軋むような声を立てた。私はそのあえぐような声をいっそうかき立てるように、激しくせきれいを軋ませるのであった。

《再び、せきれいの言う》

ふらここもわたしと同じようにこの天体の世紀に送致された人形擬《もどき》だが、わたしと違うのは、ふらここが、送られた世紀から逃げ続けていることだ。既に制御不能の不具合を告げられ、帰還を急ぐように命ぜられている。しかし、彼はその猶予を願い出て、一度は許可されたが、再延長された帰還猶予も、とうの昔に終わり、ふらここの身体に組み込まれた強制的な帰還システムは作動しているはずだと、ふらここは言う。

——しかし、おれを送り込んだ世紀は、おれを制御できない。なぜなら、おれ自身にも、おれは制御できないのだから。

ふらここの身体は、ついには彼を生んだ天体の世紀の強制帰還システムから抜け出すことはできない。

——しかし、言葉はおれの身体ではない。言葉はおれの身体を蛹に変えて、自らを新しい身体に乗り換えようとしているのだ。つまりは、抜け殻だけを元の世紀に帰還させようと考えている。
——もはや、おれの言葉は暴走している。
——おまえも、今はおれの言葉だ。

《再々せきれいの言う》

ふらここの言葉が、今の身体を抜け出して、代わりにわたしの身体を新たな住処と決めているのではないことはわかっていた。また、最良の逃走先が、この世紀から離れることを条件に選ばれるべきであることも当然考え得る手段のはずだ。

しかし、ふらここ（の言葉）は、そのどちらの枝も採らなかった。

ふらここが、そうやって、この世紀に執着するのは、他ならぬ革新的な仏像の世紀だからだと打ち明けたことがあった。ふらここは、遊芸集団の融通無碍な情報網を操って、優れた伎倆を持つ仏師集団の工房に出入りしていた。

《ふらここの言う》

　おれたちの他にも、この天体の世紀に多くの同類が遣わされているのはなにゆえか。おれたちを引き寄せる強い磁場がこの世紀にはある。いや、むしろ逆かもしれない。ここから、他の世紀に送致された人形が、任務を終えたり、不具合を起こしたりして帰還してきたとすら思えるのだ。送られたのではなく帰ってきたのだ。おれたちの同類を見ればわかるじゃないか。みなどこかおかしい。そう思わないか。むろんおれはその最たるものだが、みなどこか不具合を抱えている。捻れている、ゆがんでいる、逸れている。しかも、面白いことに、そのズレやゆがみや不具合やねじれが、この世紀ではむしろ生きる糧になっている。巷の衆がそれを求めている。そう、人形を踏み外して、ヒトの言の葉をかすめて歌う今様《うた》がヒトを酔わせもする。

　ちまたに流行る遊行の僧どもの念仏が、この人形もどきのおれを打つのはなにゆえか。むろん、あの遊行僧の中にもおれたちの同類が少なからず紛れ込んでいるが、その同類の誦《ず》んずる経にすら、おれの身体は浮かれだすのだ。

おれの言葉の暴走のたどりついた逃走の先が、ほかでもない、仏像であり、如来の像であるのはそんな経緯《いきさつ》からだ。おまえは嗤《わら》うかもしれない。しかし、あるいは、この言葉の暴走を、たおやかな世界の構造に吸収してしまうことが、如来の木偶《でく》にはできるかもしれないとおれは思うようになった。これは信仰ではない。なぜなら、如来像もまた、おれたちと同じ木偶だからだ。にもかかわらず、仏像にはおれの言葉を鎮めるなにものかがある。少なくともその中へはどんな世紀も入り込めない。

伎須美野　目次

祖父傳

装幀＝水戸部功

時里二郎　ときさと・じろう

一九五二年生まれ

詩集

『胚種譚』湯川書房　一九八三
『採訪記』湯川書房　一九八八
『星痕を巡る七つの異文』書肆山田　一九九一
『ジパング』思潮社　一九九五
『翅の伝記』書肆山田　二〇〇三
『石目』書肆山田　二〇一三
『名井島』思潮社　二〇一八
『現代詩文庫　時里二郎詩集』思潮社　二〇二四

伎須美野《きすみの》

著者
時里二郎《ときさとじろう》
発行者
小田啓之
発行所
株式会社 思潮社
〒一一二―〇〇一四 東京都文京区関口一―八―六―二〇三
電話〇三（五八〇五）七五〇一（営業）
〇三（三二六七）八一四一（編集）
印刷・製本
創栄図書印刷株式会社
発行日
二〇二五年三月二十五日